星星推开了天空的门

王往 著

花山文艺出版社

河北·石家庄

图书在版编目（CIP）数据

星星推开了天空的门 / 王往著. -- 石家庄：花山
文艺出版社，2023.10

ISBN 978-7-5511-6911-0

Ⅰ．①星… Ⅱ．①王… Ⅲ．①诗集－中国－当代
Ⅳ．①I227

中国国家版本馆 CIP 数据核字（2023）第 162535 号

书　　名：**星星推开了天空的门**
XINGXING TUIKAI LE TIANKONG DE MEN

著　　者：王　往

责任编辑：刘燕军　　王安迪
责任校对：杨丽英
封面设计：谢蔓玉
美术编辑：王爱芹
版式设计：刘昌凤
出版发行：花山文艺出版社（邮政编码：050061）
　　　　　（河北省石家庄市友谊北大街 330 号）
销售热线：0311-88643299/96/17/34
印　　刷：涿州汇美亿浓印刷有限公司
经　　销：新华书店
开　　本：880 毫米 ×1230 毫米　　1/32
印　　张：7.5
字　　数：100 千字
版　　次：2023 年 10 月第 1 版
　　　　　2023 年 10 月第 1 次印刷
书　　号：ISBN 978-7-5511-6911-0
定　　价：59.80 元

借助于孩子的眼睛，
便能看到平凡之物中蕴藏的奇迹；
借助于孩子的语言，
便能说出纷繁世界的真相。

王捷

目 / 录
contents

第二辑

秋天像个大蚂蚱

第三辑

黄昏时，狐狸走下山岗

第四辑
歌唱了一生的朋友

第五辑
一条路在黄昏里等着月亮

第六辑

夜里，总会有神秘的事情发生

第七辑
所有带"花"的我都喜欢

第八辑
路有好多名字

第九辑

《西游记》人物

第十辑
毛毛虫的作业本

第十一辑
天上大风

第一辑

星星推开了天空的门

仙崎小镇
——写给金子美玲

仙崎小镇一定很美吧
海风　渔船　屋檐的灯笼
木屐声消失在小巷拐角
数星星的女孩儿没有睡着

小镇的遍照寺一定很美吧
大佛　香火
菩提树下
打瞌睡的和尚与昆虫
诗人的坟墓[1]
樱花飘落

[1] 注：金子美玲的墓园在仙崎镇遍照寺前。

长长的小路，我们走过

左边是安静的树林
右边是活泼的小河
长长的小路我们走过
刺猬在面前跑过
小鸟在头上飞过

柳条的帽子我们戴过
芦苇的笛子我们吹过
下雨天顶着荷叶的伞
落雪时抛掷团团雪球
长长的小路，我们走过

世界多么神奇
我们多么富有
长长的小路，我们走过
认识那么多植物那么多鸟兽
早晨摇晃露水傍晚燃起篝火

我们是亲人也是朋友
在大自然的怀抱观察、交流
长长的小路，我们走过
它串联起每一个季节
也把我们的心连成一串

狗尾草在风中摇摆
蜻蜓从草地上飞过
你远去他乡丢下了我
你是否还记得那时的情景
长长的小路，我们走过

夏
天
的
油
画

阳光越是热烈，树荫越是清凉
因为你很听话，月季开得很大
我们互相看看，心就已经融化

短裤短褂，凉鞋里跑出胖胖的脚丫
踩过水洼，脚下像青蛙咕呱，咕呱
因为你不听话，知了飞离树丫

雪糕可乐，还有绿地里的西瓜
捉了蜻蜓，又捉蚂蚱，我们用笑声
把夏天点燃，轰炸

阳光越是热烈，我们疯得越野
因为你是我的，淘气我也接纳
因为我是你的，吓你你也不怕

采了一把野花，牵着夕阳回家
想要擦去汗水，泥点儿沾上脸颊
这是夏天的涂鸦，送给我们的油画

鞋子之歌

1

从山脚爬到山顶
一路上松涛流云
从山顶走回山脚
一路上溪水哗哗

可是脱胶的鞋子
张着大嘴抗议
早早回去干吗
多玩一会儿吧
你看，那艳丽的晚霞

2

水是船的鞋子
天空是云彩的鞋子

风是落叶的鞋子
雷声是暴雨的鞋子

梦
是我的鞋子

每个夜晚都在全世界
走上一遍

3

给海豹一双鞋子吧
让它到陆地上奔跑

给企鹅一双鞋子吧
让它离开南极的风暴

给小小的蝈蝈一双鞋子吧
让它在黄昏爬上彩虹桥

给织女星一双鞋子吧
让它来到我寂寞的花园

爆米花

傍晚时来了爆米花的人
独轮车
吱呀——吱呀——

晚霞在天上静静燃烧
炭火用舌头舔着铁锅

阀门就要撬开了
快快捂住耳朵啊

砰——砰——
快快放开手啊
玉米开出花了

飞到布袋外的几朵
被母鸡和公鸡抢走啦

吃着玉米花往家里走
香香的月亮已经出来了

豌豆

豌豆花静静地开着
豌豆荚悄悄地结着
豌豆粒渐渐地鼓起

豌豆花
豌豆荚
豌豆粒
只要是豌豆身上的
我都喜欢

一路走
一路剥着豌豆荚
——前面不远处
就是外婆家

高粱

红红的高粱米
酿成了高粱酒

脱了米的高粱穗
扎成了小扫帚

光滑的高粱秆
做成了蝈蝈笼

蝈蝈，蝈蝈
唱一首扫地的歌儿吧
蝈蝈，蝈蝈
喝一杯高粱酿的酒吧

如果是一匹红马

一匹白马站在月亮下
月光映得它更白了

一匹黑马站在月亮下
月光映得它更黑了

如果是一匹红马呢

我猜，红马一定
想要一个红月亮

星星推开了天空的门

山羊的门是一根根树棍
鸽子的门是一根根铁条

一大把胡子挡着爷爷的嘴巴
"从前……"爷爷打开故事的门

夜晚，爷爷的山羊进了门
爷爷的鸽子进了门
爷爷搂着我坐在院子里
一大片云彩飘过去——

星星推开了
天空的门

蚂
蚱

在葡萄架下睡一觉吧
秋天的葡萄架下有点儿凉哟

在瓜蔓下睡一觉吧
瓜架上有一只螳螂哟

还是草地上好玩啦
蚂蚱站在一棵草尖上

想要蹦到云朵上
天空温暖又明亮

还是天空里好玩啦
蚂蚱飞走不见啦

篝
火

我们燃起篝火
篝火就在我们脸上跳舞
它的脚踩得我们的脸
辣辣的
它的手要挠我们的眉毛和头发

它在木柴里困了太久
简直要疯啦
就像我们
好不容易等到放假

我们燃起篝火
燃起来啦

凉
爽
秋
天
的
夜
晚

凉爽秋天的夜晚
月亮最好看
狐狸仰望着
想有一个玉耳环

凉爽秋天的夜晚
虫声最好听
房间像打开的琴盒
人们头枕着琴弦

凉爽秋天的夜晚
葡萄饮着露水
风儿数着紫色的珠串
藤蔓悄悄向高处伸展

凉爽秋天的夜晚
南瓜有一个梦

会是怎样的梦呢

把它撑得又大又圆

石榴树的家里空了

又大又红的石榴
被人们摘走了
留在枝头的小石榴
被小鸟啄破了
掉在地上的石榴
被松鼠抱走了

石榴树的家里空了

石榴树，不要寂寞呀
我坐在长椅上仰头看你
我的小猫咪也仰头看你
星星在你的枝叶间
荡着秋千

石榴树，不要寂寞呀

朱砂梅

土坡上的朱砂梅
有了几个花骨朵
可是今天去看了
它还没有开

它在等李花吗
还是在等杏花

那红红的花骨朵
看上去很孤单

春天啊，让所有的花
一起开吧

朱砂梅
在等着哪

远
远
的
地
方

远远的地方
母鸡飞上低低的树枝
树梢上的山喜鹊身披夕阳

远远的地方
都市里的电车奔跑着
掠过花花绿绿的商场

远远的地方
银河里的星星坐在马车上
圣诞树闪烁着神秘的光芒

远远的地方
只有我能看到
在寂寞的时候看到

一首歌，被人唱着
唱歌的和听歌的
都陶醉了

歌，也想
唱一首歌
想从曲谱上飞起来

就像一个人
受到了祝福、鼓励
开始畅想明天的自己

运河夕照

黄昏
夕阳在运河上画画

蘸一点儿油菜花的黄
蘸一点儿二月兰的紫
桃花的粉李花的白
再蘸一点儿
芦苇的青鸢尾花的蓝
一幅油画
就铺满了河

打鱼人开着船过来了
要把画儿划破了
那就蘸一点儿乌鸦的黑
再加上
野鸭子的翠绿
晚霞的火红——
画一幅渔舟唱晚图

第二辑

秋天像个大蚂蚱

秋天越爬越高了

秋天像个大蚂蚱
喜欢向着高处爬

它爬到了稻穗和大豆上
稻穗低头了大豆饱满了
它爬上了苹果和石榴树
苹果芳香了石榴结籽了
它爬上了栗子和山楂树
栗子成熟了山楂变红了

秋天像个大蚂蚱
喜欢向着高处爬
最后，它蹦上了大雁的翅膀
向着南方飞去啦

在
星
星
的
梦
里

有一天我梦见了星星
这并没有让我感到惊奇

但是有一天我想到：
自己也许被星星梦见
这让我兴奋不已——
在星星的梦里
她会让我会做什么呢
她会不会让我拥有一根魔法棒
或者踏上传说中的风火轮
如果不是这样
那就让我也考一回全班第一吧
或者让我的生日快点儿到来
把红红的蜡烛点起

卖
掉
的
房
子

取下爷爷奶奶的遗像
取下爸爸妈妈的结婚照
取下全家福
墙上的钉子一下子寂寞了

把我的绘本收进箱子
把我的小汽车收进箱子
我在这里的故事
全都收进了箱子

再给阳台上的花儿浇点儿水吧
新的主人会喜欢它
再给小狗狗喂一片面包吧
往后它就回不来啦

以前我站在窗前
对着树上的鸟儿说：你好

现在我站在窗外
对着卖掉的房子说：再见

再见
再见
妈妈的泪水掉下来
爸爸看着远处的天

一把小小的钥匙
阳光的金色钥匙
轻轻一拧
豆荚里就蹦出了几颗豆子

一把小小的钥匙
秋风的蓝色钥匙
轻轻一拧
海边就吹来凉爽的空气

走在放学的路上
吃着盐豆子
天空好大啊
秋天好明亮啊

从夏天那边过来的……

萤火虫没有过来
大青蛙没有过来
从夏天那边过来的是
蝈蝈　知了
在秋天里顽强地叫着

杨梅没有过来
草莓没有过来
从夏天那边过来的是
苹果　梨子
在秋天里散发着香气

闪电没有过来
雷声没有过来
从夏天那边过来的是
风　雨
在秋天变得温柔

秋天多么好啊
是什么把它们挡在了那边

冬天的风

冰封的河面上一只小鸟在走
捉不到一条鱼了

坚硬的田野里一只狐狸在走
捉不到一只田鼠了

冬天里
只有风是高兴的吧

它捉到那么多雪花
又四处抛撒

有人说夏天是一只洋辣子
火辣辣的阳光像洋辣子毛
夏天听了
就飞到了树梢
变成了吱吱叫的知了

有人说夏天太吵
夏天听了
就变成青蛙去池塘洗澡
不，不，不，还是太吵

夏天又变成了一只蜻蜓舞蹈
哎呀哎呀，那小孩挥着网兜扑来了

——夏天呀，急得到处跑
突然，它变成了王大爷的草帽
又能遮太阳

又当扇子摇

不用变来变去了
夏天终于神气了

窗外

经过鞋店时妈妈总是忍不住
朝窗内看去
经过书店时爸爸总是忍不住
朝窗内看去
经过蛋糕店时我总是忍不住
放慢脚步

现在，我们都朝着窗外看去——
高铁飞奔
越来越近的家
越来越近的新年

思念

思念比动车还快
比飞机还快
还没听到呜的一声
出差的妈妈就过了千山万水
落在心上

但是，"思念"
她是多么坏呀
用带来的人
把你使劲儿折磨

她在干渴的土里
丢进一个下雨的梦
土地张开嘴巴
却没有一滴雨水
可喝

想家

四海为家的行吟者
也会想家：
童年
妈妈
门前的花！

春天转瞬繁茂

幼鸟有了树荫的庇护
有了多水的池塘
但有些幼鸟没有活下来
躺在去年的落叶间
阳光里浮着小小的灵魂
多么动听的叫声啊

是它的姐妹在叫
也是它在叫

没
有
月
亮
的
晚
上

树找不到自己的影子了
田鼠找不到野豌豆了

没有月亮的晚上
好黑呀

突然间，远处传来一阵
咩咩的叫声

走失的小羊羔跑出树林
妈妈，我在这里

没有月亮的晚上
一下子被什么照亮了

第三辑

黄昏时，狐狸走下山岗

被妈妈大声嚷着
被妈妈踢了一脚
眼泪没干又缠上去
妈妈，妈妈

妈妈最终抱起了他
替他拭去眼角的泪花
淘气的弟弟哟
原来他知道
妈妈
爱着他

被蚂蚁叮破了皮
被树桩绊了一跤
刚刚哭过又在草坪上跑
不停地跑啊跑

就这样一天天长大
淘气的弟弟哟
原来他知道
大地
爱着他

唠
叨

鞋带子松了
赶紧系上啊

刀子割破手了
赶紧包好啊

你这鼻涕啊
赶紧擦了啊

天要凉了哟
赶紧把阳光裹到被单里啊

唠叨着唠叨着
奶奶就没了力气
拐杖微微指向那边的世界——

奶奶要走了
丢下的时间
你们赶紧收好啊

大
象

大领导来了
人们鼓掌
大领导频频挥手

大明星上台了
人们鼓掌
大明星大声问候

大象来了
孩子们鼓掌
大象抖动着耳朵
长鼻子甩向拴它的水泥桩

大象不高兴啦
大象发脾气啦

大象
为什么不喜欢鼓掌

枕头

妈妈整理床的时候
把两个枕头摞在一起
哈哈，枕头也枕了一回枕头啊
这样想着，我把下面的那个枕头
翻到了上面

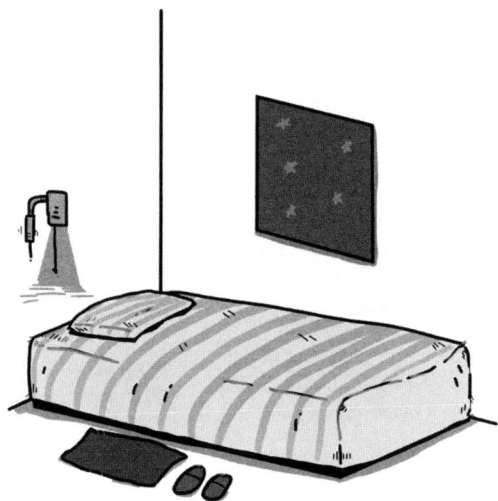

桃
花

桃花是一瓣一瓣开的呢
还是一开就是一朵
是一朵一朵开的呢
还是一开就开得满枝

只有夜里的小雨知道吧

笑

一个破了的塑料袋
被风卷到树梢
哗啦啦地大笑
它已经忘记
是谁把它弄破

笑起来多么好啊
笑起来
就能把伤心的事忘掉

落叶为什么四处飞旋
——风把树的辫子
吹散了

天黑了为什么更冷呢
——太阳把它的花被子
抱走了

時
间

快到过年的时候
时间就赖着不肯走了
快开学的时候
时间就哧溜飞了

时间从来不管我的心情
只为它自己高兴

如果有一个笼子
我就把它装进去

但那也是不行的吧
你看，宇宙也没管住它

运气

一场小小的雨
李子花就开了
有一滴
刚好落到我鼻尖

一颗流星飞过
刚好被我看到
其实我是因为生气
才跑到院子里

一点点好运气
就会让人
感觉世界的神奇

黄昏时
狐狸走下山岗
狐狸走过池塘
狐狸走进村庄
轻轻地
轻轻、轻轻的脚步
听不到一点儿声音

像一匹红色的丝巾
映着晚霞

嘘，嘘，别惊动它
让这一天里
最美好的时间
留下

第四辑

歌唱了一生的朋友

年

奶奶说，年
是一个怪兽
人们放鞭炮为了把它吓走
吓走它，就可以安心
喝酒吃肉

可是怪兽过不过年呢
它回家之后
有酒吗
有肉吗

雪

把乡村的柴垛
石磨　茅草房
把城市的站牌
书报亭　银行
变成了一朵朵蘑菇

雪地上走来的小兔子
东瞧瞧　西望望
怎么做一碗热乎乎的
蘑菇汤呢

快
乐
的
时
光

瓦片在水面上跳啊跳
不见了
蒲公英在风中飞啊飞啊
不见了
奶奶拉着我的手走啊走啊
不见了

快乐的时光那么短暂
想着你们啊
奶奶
蒲公英
水面上跳舞的瓦片

难
过
的
时
候

难过的时候我不想说话
我会抠墙上的裂缝
会把一张纸叠来叠去

所以我看到受伤的小鸟
歪着头紧贴着羽毛
我就知道
那是它难过的时候

打哈欠的时候
总是张大嘴巴

是瞌睡虫想吃
一个大枣吗

蒸馒头

揭开蒸笼
蒸汽罩住了整个厨房
蒸馒头的奶奶
像踏着云彩的神仙

奶奶去世后
每次想馒头
我都会看看窗外的天

袋鼠

袋鼠妈妈去超市
买了东西一大堆

接着就后悔
这么多东西
怎么拿得回

袋鼠妹妹跑过来
撑开胸前的皮口袋
放我这里吧
放我这里吧

香蕉　苹果　梨
咖啡　巧克力
装得满满的

袋鼠弟弟着急了
他可没有皮口袋

袋鼠妈妈说
你呀，帮着妈妈扛拖把

收藏家

天冷了，森林里
冒出一个一个
收藏家

黑熊大伯收藏蜂蜜和山楂
狐狸大叔收藏鸡蛋和腊肉
兔子阿姨收藏萝卜和南瓜
松鼠姑娘收藏松子
和干枯的玫瑰花
…………
雪花姐姐飘来了
成了最大的收藏家
把他们的梦境都收藏啦

知
了
壳

知了把它透明的衣裳
留在了树上

蟋蟀看了看没有穿
它是那么单薄

金龟子看了看没有穿
它是那么土，一点儿不时尚

蜘蛛看了看没有穿
它是那么小，牌子也不响亮

秋风把它当作了哨子
知了壳发出了
轻声的吟唱

蟋蟀　蜘蛛　金龟子
听着听着就伤心了
他们想念啊
歌唱了一生的好朋友

说
话

鱼缸里冒着一串串气泡
我知道那是鱼儿在交谈
但是什么也听不见

灌木丛里一阵叽叽喳喳
我知道那是小小的金翅雀
但是一只都看不见

大人们经常背着我说话
好像我什么都不懂
让我好奇又讨厌

现在我的心情好多了
躺在草地上
对着天空和云朵

什么都听见了
什么都看见了

雪糕

轻轻舔一下
只一下
就到了
清凉甜蜜的世界
然后一口一口地
吮吸
就像在那个世界
逛街了

还剩下一根木片
还是甜的呀
蚂蚁们抬着
去了它们的世界

割
草
机

草的身高
关你什么事吗

没有一种草喜欢他
蚱蜢不会喜欢他
蝴蝶和蜻蜓不会喜欢他
小蛇都不会喜欢他

但是他坐在铁的底座
傲慢得像皇帝

婆婆纳好像不怕他
贴着地皮　草根
开着紫的白的小花

第五辑

一条路在黄昏里等着月亮

大
米

一碗米
一袋子米
一卡车米
谁能数得清有多少米粒？

凝视着大米
会让我感到震撼
米粒是怎么聚到一起的？
如果他们哪天生气了
会做出怎么样的事？
米之前是水稻
水稻之前是野草
野草之前呢？
是什么东西
把种子包含？

一碗米
一袋子米
一卡车米
整个世界的米
白白的大米呀
从哪里来？

每一颗米粒
都像世界的中心

光

山鹰的巢穴亮了
因为雏鹰听见了妈妈正扑打岩石

树洞里亮了
因为小熊听见了妈妈回家的脚步

花栗鼠的房间里亮了
因为外婆给他送来了松子和口琴

夜晚的天空亮了
因为爸爸带着我们燃放烟花

我知道了
光
就藏在
黑暗和声音里

拐
弯

大河拐了好多弯
才流到我们这里

葡萄的藤拐了好多弯
才爬上葡萄架

公园的小路拐了好多弯
走着也不累

弯弯曲曲的
才好玩啊

就像——
晚上做作业时
花园里虫子的叫声
拐着弯儿传进
窗子

甲骨文

远古的时候
孩子们上学
书包里装的是龟甲和牛骨吗

去年爸爸带我去安阳
在一个地下坑洞里堆着
上千片甲骨
我想那是远古的图书馆吧

外婆
用星星
煮了一锅粥
刚喝了一口
就硌了一颗牙
（外婆一共才两颗牙）

这些闪亮的石头啊
外婆舍不得扔掉
她把它们和那颗牙
埋在了花园

那颗牙和星星躺在一起
它一定觉得自己
非常了不起
说不定它自己
也会变成星星
（一闪一闪的外婆星）

荠菜

对不起啊，田埂上的荠菜
我们要把你挖回家了

对不起啊，河坡上的荠菜
我们要把你挖回家了

你说，我们用你
包饺子呢还是煮粥

你说，我们把你
清炒呢还是凉拌

你什么都不说
我们就把你交给奶奶吧

她扎着围裙站在门前
等着哪

皱纹里开着

小小的荠菜花

遗憾

一棵车前草开出了花朵
在阳光照不到的角落
（但是它使劲儿开啊开）

一位寻找春天的牧羊人
风雪中染上了伤寒
（但是他拼命地走啊走）

邻家爱画画的姐姐
偏偏是高度近视眼
（但是她仔细地画啊画）

还有好多好多的遗憾
让人伤感

人们想把遗憾驱赶
却发现它
总是和梦想紧紧纠缠

小
野
鸭

看我练倒立吧
看我扎猛子吧
还有我抓的螺蛳和河蚌

什么？你问我妈妈去了哪里？
哦，妈妈去了远方
当我变得强壮
妈妈就把我丢在了这片芦苇荡

不要提伤心的事好吗
看我练倒立吧
看我扎猛子吧
还有我抓的螺蛳和河蚌

快
乐
的
事

粘知了的伙伴从门前过了
饭就不吃啰

露天电影的发动机响了
饭就不吃啰

迎新娘的喇叭吹了
饭就不吃啰

性子总是那么急啊
害怕快乐溜走了

雷雨过后

哗啦啦的雷雨停下了
草地上走来了大水牛
又黑又亮的牛蹄子

鱼儿从池塘蹿进了水田
侧着的身子银子一样白

"捉鱼去
捉鱼去"
孩子们的叫声
吓得青蛙
踩翻了
荷叶的绿盘子

蜗牛在这里躲雨
蚂蚁在这里玩糖纸
小狗在这里练习摔跤
小猫在这里练习攀岩

门前的小槐树
谁不喜欢
那一大片树荫

然而，几个工人把它锯了
铺了一层厚厚的水泥

那天，从别处飘来了
几片黄黄的槐树叶
落在了
停车的位置

小槐树

还想着

这个地方吧

邻家的婆婆
叫我帮她穿针线
她说小孩子眼尖

难道是因为眼尖
我看见
藏在树叶下的金龟子
和它更小的孩子

难道是因为眼尖
我看见
草丛里
一只蚂蚱摔断了腿

难道是因为眼尖
我给婆婆穿针线时
看到了
她眼里藏着的寂寞

第六辑

夜里，总会有神秘的事情发生

蔷薇的枝条发青了
迎春花黄灿灿地开了

十几头小猪在篱笆边追逐
老母鸡带着鸡娃儿在草地捉虫

大人说，缸里的米快没了
过两天得卖几头小猪

那么，没长大的鸡娃儿不会卖吧
鸡娃儿，鸡娃儿
不要急着长大啊

泥鳅

大泥鳅
小泥鳅
黄黄的泥鳅
肥肥的泥鳅
好多好多的泥鳅

从水塘里冲进
爸爸等鱼的网兜

小眼睛的泥鳅
噘着嘴的泥鳅
翘着两根胡须的泥鳅
慌作一团的泥鳅
把铁皮桶撞得
咚——咚——咚——

忽然就有些心生可怜
想要叫爸爸把它们放走

大人哪会听小孩子的话呢
想想心里一阵落寞

那是暴雨过后的下午
大风赶着天空一团团云朵

读古诗《春晓》

夜里，总会有神秘的事情发生
比如，星星可能跑丢了鞋子
比如，月亮的手臂可能
被蔷薇划伤

但是
风，为什么要把花吹跑呢
雨，为什么要把花打湿呢
夜里，总会有神秘的事情发生

不过
有一些花还在枝头
有一些花是趁着风雨才开的
夜里，总会有神秘的事情发生

所以
小鸟还是
叫得那么动听

电车从湿漉漉的晨雾里开过来
早上，还有些冷呢

小桃树试探着冒出粉红的花蕾
早春，还有些冷呢

人行道上，菜农已经从批发市场回来了
鼻子冻得通红

外地口音的工人
穿过铁路
不远处的工地上飘着旗子

电车门合上的那一刻
上学的我在心里对一些事情
下了决心

春天，快点儿来吧

奶奶说
天一冷，胳膊啊腿啊
就疼

爸爸说
开春时要放一万尾鱼苗
等着年底收成

所以大家都盼着春天
马兰头在枯草下
生出两个叶片

昨天的雨丝不那么凉了
估计南方的燕子
已经准备启程

春天，快点儿来吧

新娘的衣服真美啊
新娘的头花真美啊

新娘抱着妈妈哭
新娘的眼泪也美

嫁妆抬上车了
新郎要带新娘走了

大家快来啊
准备抢喜糖

新娘跟着新郎走了
抢喜糖的孩子回家了

夕阳下山了
夕阳下山了

迎春

裂开的墙缝里
开出一朵小黄花
人行道上的砖缝里
长出一株狗尾草

看来，春天是藏不住了

怕冷的老婆婆
拄着拐杖出来了
瘪瘪的嘴笑一笑
婆婆纳就铺满一地了

看来，春天是藏不住了

想把我的毛线帽
扔在春风里
——让它去别处看一看

还有哪里的春天
藏着没出来

图书馆

要写多少字
才能成一本书
要写多少书
才能被人记住

昨天去图书馆
突然感到迷茫
那么多的书啊
怎么能看得完
以后的我
可不想写书

可是回到家里
忍不住想写几句
大概那些写书的人
也是有话忍不住吧
但是要写一整本书

应该很累吧
如果没有人读
会很伤心吧

一定会伤心的
我也很伤心
很伤心

油菜花

春天多少岁了啊

油菜花
点起那么多
生日蜡烛

田野是张大桌子
蜜蜂蝴蝶都来了
问问它们吧——

春天多少岁了啊

天上的星还闪着
楼上的灯还亮着
孩子们边走边交谈着
天黑黑的就上学了

运河里传来汽笛声
黎明像船一晃一晃

苍耳

一只小刺猬，两只小刺猬
三只小刺猬，四只小刺猬
五、六、七、八、九……
哎哟
这么多刺猬

野猪绕道走了
蜜獾嗅嗅走了
乌鸦看看飞了
喜鹊瞧瞧飞了

一阵风吹过
苍耳笑起来
扮成了刺猬
就没人欺负喽

116

真的刺猬来了
看看也走了

扮成了刺猬
就没人欺负喽

看
月
亮

高高的楼上
扶着床栏看月亮的孩子
你在想什么

高高的树上
蹲在巢里依着妈妈看月亮的小乌鸦
你在想什么

高高的山上
坐在寺庙的门槛上看月亮的小和尚
你在想什么

月亮慢慢地移动
从这扇窗子移到那扇窗子
从这这棵树移到那棵树
从这座山移到那座山

118

从那个晚上移到这个晚上
月亮，你要移动到哪里去啊

树
上
的
猫

那儿的草地上好像有一只跳羚
这儿的沙丘后好像有一匹斑马
左边的树丛里好像有一头野猪
右边的水塘边好像有一只狒狒

一个黑色的家伙伏在树丫
缓缓转动脑袋，搜寻着猎物

可这里是我们居住的小区
中午时分连鸟儿也不出声

突然一个男孩儿指着它说：猫
树上有一只猫！

黑色的家伙蹿下了树
在一个墙角停下脚步

它懊恼的样子似乎在说

我是一头豹子！我是一头豹子！

紫薇

紫薇的树干光溜溜
一点儿树皮也没有

紫薇的花红艳艳
一串串往下坠

前村的盼弟没有妈
盼弟的爸爸带着她

爸爸给她梳头发
爸爸给她戴发卡

长大的盼弟很美丽
就像紫薇红艳艳

紫薇的树干光溜溜
紫薇的花一串串

落叶杉

落叶杉还没有生出叶子
林间的紫云英已铺满了

去年的枯草被紫云英盖着
走在上面像是软软的毯子

野豌豆向着阳光往上长
嫩嫩的绿叶使着劲儿

好多鸟儿都来林子了
飞着叫着开心着呢

落叶杉，你快生出叶子吧
快生出叶子吧

春天，长长的白昼

像风筝的线一样长
像绕着湖泊的大堤一样长

长长的白昼多好啊
已经是傍晚了
小野鸭还在水面游荡
已经是傍晚了
小麻雀还在练习飞翔

长长的白昼多好啊
湖畔的垂柳
一行接一行地写诗
山坡上的朱砂梅
一朵接一朵地绽放

长长的白昼向着夜晚延伸吧
孩子们还没玩够

要爬到那山的顶上
在云彩的客栈里住下

春
水

没有收割的芦苇
在小河边站着

水里，悄悄生出
几片新芽

青蛙，偶尔叫两声
呱，呱
春水那么绿
映照着新芽也映照着
去年的芦花

第七辑

所有带『花』的我都喜欢

换牙

上牙藏在床下
下牙扔到房顶
——这是奶奶教的

上牙在床下
捉蟋蟀
下牙在房顶
看飞机

可惜的是
掉了的牙
吃不到好东西啦

上牙和下牙
也见不了面啦

它们会想念吗
——奶奶你说呀

花

桃树开的花叫桃花
杏树开的花叫杏花

紫云英开了花还叫紫云英
蒲公英开了花还叫蒲公英

菊花没开时就叫菊花
太阳花没开时就叫太阳花

这样子不公平啊
可是植物们没有抗议

嗯嗯，只要开花就好
所有带"花"的我都欢喜

包括海水涌起的浪花
包括天空绽放的烟花

癞蛤蟆

趴在河边石头上晒太阳的
癞蛤蟆
有河流和岸的家

太阳落山了
河里的家又亮起了灯

黄昏

生锈的渔船靠在岸边
芦苇举着青绿的穗子

夕阳在水面织着银网
安静得像辛劳的阿婆

湖畔的草丛里突然喧闹
苍鹭妈妈带回一条泥鳅

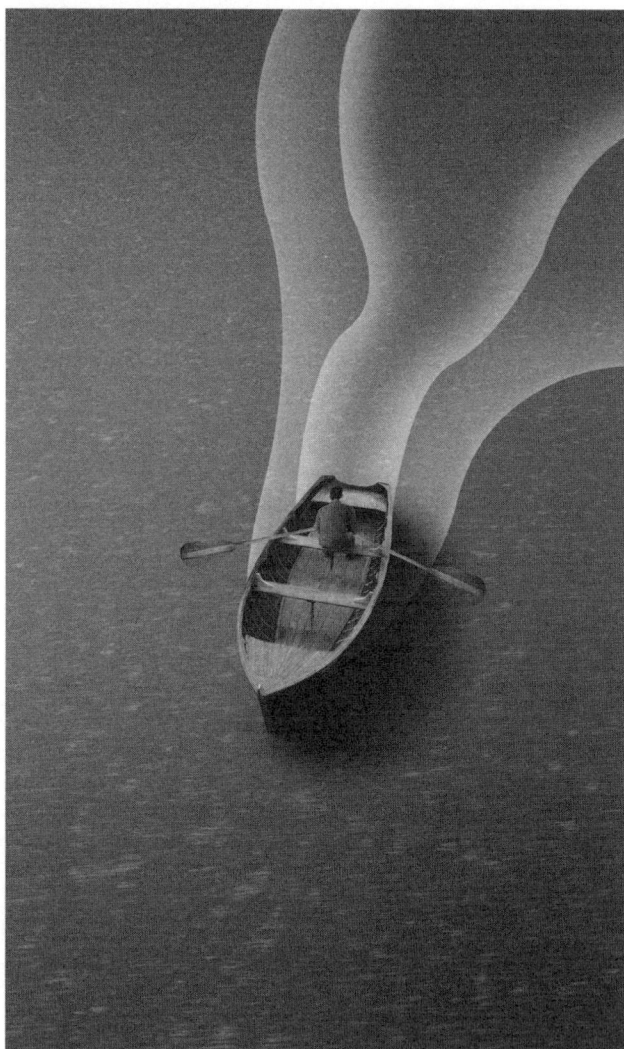

相
信

下了一场雨
南瓜种子才发芽

刮了一阵风
桃李才开出了花

那天我躲在奶奶身后
害怕地看着那个人

直到她流下眼泪
我才相信——

她
是打工回来的妈妈

光头叔叔

先落下的雨点
在他头上
跌了一跤
后落下的雨点
把他的头
当作鼓敲

光头叔叔抱着脑袋
跑啊跑
雨点在他的头上
敲啊敲

花
生

裂开的花生壳儿
像一只小船
里面有两个小公主
穿着一样的红衣服

她们从哪里坐船来
又到哪里去演出

马

斑马
角马
野马
还有大胖子河马
相约去远方的中国看桃花
路过的鸵鸟笑哈哈：
别看你们的名字都带着马
可你们根本就不是一家

特别是河马
简直是又蠢又笨的傻瓜
你们这是要去哪？哈哈
走不了多远就要打架

河马听了羞得要跳下水洼
斑马角马急得说不出话
野马气得踢飞一团泥沙：

我们不是一家
可我们也不会打架
而且我们要去看桃花
请你不要笑话

请你不要笑话
斑马角马野马河马同时跺脚
吓得鸵鸟把头钻进了泥沙：
妈呀，这些家伙，发起火来
好像真的是一家

养牛场

沿着青草中的小路
走进一家养牛场
院子里卧着一头黄牛
食槽里还是去年的干草
枯黄的玉米秸如同它的皮毛

我无声地离去
说不出的难过

养牛场外，处处花开
杨树间的鸟窝已被绿叶遮掩
天空
牛眼般清澈

我带着我的小黑狗去田野
收割后的平原比天空更大

炊烟向天空竖起梯子
我们看着云朵忘记了回家

我们在倒影里相依相偎

我带着我的小黑狗去小河边
我们在倒影里相依相偎

时光之水中我们生而孤独
童年是身边沉默的野蔷薇

夜色里我去稻田放水
我是星辰的孩子

被人间的露水打湿
被病床上的母亲怜惜

雪天的故事

一觉醒来
雪还在睡着
不打它的屁股是不行了
小二小三小巧小翠
都拿东西来扫雪
雪，有些委屈
往我的鞋壳里躲

我也有些委屈
我写了一首叫雪的诗
他们好像没看见
我跑到村外的雪地上
念给小兔子听
小兔子一惊
跑得
没了踪影

没有人知道那个小村的名字
我城里的同学啊
你们只知道
站牌　小区　广场

自从我家搬到城里
心里就多了一个地名
那是一个村庄的名字
那个名字在故乡

词典上说：故乡
就是你出生的地方
你生活过又离开的地方
想到我是有故乡的人
心里头就得意扬扬

站在阳台上
或者某个路口
我会轻轻地念出那个名字
好像我又回到了那个地方

没有人知道那个小村的名字
我城里的同学啊
你们不知道那个地方
它被我悄悄藏在心上

紫花地丁

大公鸡说，这朵花应该是我的
因为它叫鸡冠花

小狗狗说，这株草应该是我的
因为它叫狗尾草

癞蛤蟆鼓着大眼睛，这棵菜不要动
因为它叫蛤蟆菜

蝴蝶上下飞舞着，这朵兰花归我的
因为它叫蝴蝶兰

紫花地丁着急了，它们都有主人了
我的主人是谁呀

有个声音对它说
你是大地妈妈的

唐三彩：抱犬仕女

她是多么喜欢她的狗啊
一千四百年
一直抱着它

隔着玻璃
看着这个唐朝女孩儿
突然想和她说话
把你的狗儿让我抱抱好吗

走出博物馆
心里还想着哪
天空蓝蓝的
那些云朵也是从唐朝
飘来的吗

第八辑

路有好多名字

端午

把鸭蛋分给馋嘴的狐狸一个吧
它们很少吃到咸的鸭蛋

把粽子分给河里的小鱼一个吧
它们和投水的诗人是朋友

把香蒲和艾草挂在门口
五月，就回到古体的诗里

路，有好多名字

经过化工厂时它叫化工路
经过报社时它叫新闻路
沿着河边走时就叫沿河路
穿过树林时叫林中小路
到了山上它叫山路
要是它爬得很高很高
人们就叫它天路
…………
路，有很多很多名字
因为，没有它到不了的地方

很多很多名字
其实只是一条路
——从我家门前伸出去

152

老
树

喜鹊在树梢搭了个窝
蚂蚁在树根安了个家

松鼠打开门
树洞外的春风呼啦呼啦

老树默默地站着
好像它是它们的祖母

蜣螂滚着一个粪球
金龟子扇动彩色的铠甲

羊在山脚下吃草
人们在山坡上采茶

老树默默地看着
好像它是世界的中心

——担心自己

把一切的美好惊吓

一条路在黄昏里等着月亮

一条远方的路
回到它出发的地方

一座厂房挡住了它
一条黑水沟拦在了前方

一条路发现
自己的身体断了

原来的树木只剩下树根了
原来的村庄藏在荒草里了

上学的孩子都去了哪里
为什么听不见牛铃声声

一条路发现
自己的身体断了

155

一条路在黄昏里等着月亮
等着月光把它的身体接上

雾

好大的雾
遮住山川　河流
遮住城市　乡村
为什么遮不住蔷薇的芬芳？
为什么遮不住小鸟的歌声？

——雾呀
心里也有一团好大的雾

好大的雾
遮住房屋　树木
遮住田野　道路
那个捡废品的老妇去了哪里？
那个上学的孩子在桥上等谁？

——雾呀
心里也有一团好大的雾

荒地

长着香菜小葱蚕豆的
那块地叫
菜地

长着马兰头刺儿菜婆婆纳的
那块地叫
荒地

那个扛着锄头来开荒的人
请你等一等好吗
马兰头刚刚发芽
刺儿菜刚刚长大
婆婆纳正在开花
而且
荒地上的蝴蝶
要比菜地里的多啊

春天，长长的彩带啊

长长的堤岸
在长长的柳丝里延伸

长长的鹧鸪声
在长长的田垄上回荡

长长的广玉兰的影子里
猫咪伸着长长的懒腰

长长的电线上
南来的燕子像长长的诗行

春天，长长的彩带啊
给我长长的 长长的遐想……

山风与河风

从山那边过来的风
带着小石头
敲打着树干：砰砰砰
赶快发芽吧

从河那边过来的风
带着小水桶
浇灌着野草：哗啦啦
赶快开花吧

树木发芽了
花儿开放了

山风丢下了小石子
河风丢下了小水桶
轻松啦轻松啦
咱们抱着打滚吧

水

站在花洒下
温暖的水
像夏日的雨

他们说我长高了
就像一棵小树
越长越高

那么
是水
浇灌我成长的吗

仰着头　闭着眼
想象着很多事情
从山上流下的瀑布
是谁的花洒呢

去年我尿尿的地方
开出一朵蒲公英
（真的很美，我可以
带你去看）
应该是喝了
我洒下的水吧

拉
链

河水扯开银白的拉链
冰雪消融了
柳条扯开鹅黄的拉链
春风起舞了

黎明的拉链被鸟儿扯开
村庄便融入
晨曦

黄昏的拉链被蜘蛛扯下
孩子的歌声便融入
夜色

那地平线尽头
将天和地融合的
是谁的
拉链

妈妈嫁过来的地方

公园外边的小水沟边
开着两朵野葵花
大朵的是姐姐，小朵的是弟弟

小朵的弟弟说
这里一点儿不好玩
不像公园里边
刮风下雨的时候
差点儿把我连根拔起
姐姐，我们妈妈在哪里

大朵的姐姐说
妈妈就在这里
我们脚下的种子就是她

小朵弟弟说
原来是这样啊

这是妈妈嫁过来的地方

大朵的姐姐说，是啊
这是妈妈嫁过来的地方
让我们使劲儿开放
大声地歌唱

小朵的弟弟说
好吧，让我们使劲儿开放
大声地歌唱
让妈妈开心
这是妈妈嫁过来的地方

马
鞭
草

紫色的花从夏天开到秋天
在等哪一匹马呢
怎么还没来呢

哦，可能是你的名字吓着了马
马可不喜欢鞭子呀

蛇葡萄

你的果实
真的是给蛇吃的吗

这纯黑的果实
在夜晚
也许只有蛇
能看见

田菁

一到晚上
叶子就合起来了

睫毛好长啊
你不怕有人偷走你的豆荚吗

狗尾草

小狗跑到哪里去了
只留下尾巴在风里摇摆

毛茸茸的结着小米的尾巴呀
小狗怎么就不要了

慢慢慢慢变黄的尾巴
摇摆着等待小狗来找它

七夕

喜鹊用什么在银河上搭桥呢？
七彩的丝线？玫瑰的花枝？
孔雀的羽毛？还是一首想念的诗？

我也要搭一座桥给可爱的田鼠
河那边有一片成熟的豆子

然后再搭一座桥给火红的狐狸
河那边另一只狐狸等着他游戏

然后再搭一座最长的桥
通向西天的彩虹
等走了的外公外婆
再走回家里

夜晚，真好

夜晚真好
蝙蝠在空气里穿行
像鱼儿飞上了天

蜘蛛在两棵树之间
铺上洁白的桌布
虫子大餐就要开张

田鼠走到花生地
哇，饱满的果实
带着泥土香

夜晚真好
一切自由，如果
什么都不想做，可以
去梦里
等待好久不见的朋友

馋嘴猫就是太馋了

小鱼小虾
她要吃
薯条面包
她要吃
馋嘴猫就是太馋了

挂在阳台上的咸肉
她要够下来

现在，她蹲在楼顶
看着天空
难道要尝尝
星星的糖豆
月亮的年糕？

秋思（一）

大豆　玉米　花生
晾在路边
白白的云晾在天上
一颗鹅卵石晾在
草地上

秋天如此安静
澄明，像收割后的镰刀
一样闪亮

我们走过的地方还是那么美
记忆，穿着斑斓的衣裳

秋思（二）

静静的　　地板上的阳光
静静的　　窗边的石榴树
静静的　　蛛丝上虫子的尸体
静静的　　摊在桌上的书

如果世界永远这样多好
静静地　　回想我们在一起的日子
但心　　还是疼了
被你　　踩了一下
阳光　　石榴　　蛛丝
那本你没来得及读完的书
都晃动起来

你　　踩着它们
来了
又走了

像波斯菊一样温暖
像闪烁的湖水一样明亮
银杏的金币铺在草地
花衣裳的戴胜鸟啄着草籽
走啊，手拉着手走啊
眼睛像湖水一样明亮
脸上像波斯菊一样温暖
跑啊，大呼小叫着跑啊
戴胜鸟飞起来了
银杏叶飞起来了

辽阔的秋天
辽阔的天空
和去年一样啊
一样啊
但，你
飞去了哪里

孙悟空

如果我向你
要金箍棒耍
你一定会给的吧
因为你火眼金睛
一眼就看出
我不是妖怪

可是师父总被骗
责怪你把好人伤害
念起紧箍咒
让你满地滚
抱着头喊疼

下次遇到妖怪
你又抢先去打

以前受的冤枉
丢在一边啦

猪八戒

喜欢你的大耳朵
喜欢你的大肚皮
你吃西瓜的样子很可爱
笨手笨脚　大惊小怪
也很可爱

每次你被妖怪捉去了
我就乐得笑起来
看你大喊大叫
猴哥猴哥快来救我

每次脱离险境
你都会
对着妖怪的洞穴
打上几耙
气死老猪气死老猪

好想扮作一个妖怪
突然蹦到你面前
想想有些害怕
你也是很勇敢的呀
遇到妖怪
抡起耙子
上去就打

唐僧

你总是把妖怪当作好人
被捉去了才开始后悔
可你不会像八戒那样哭喊
明明吓得脑门上出了汗
还是装作那么沉稳

每次悟空将你挽救
你都会叹息一声
悟空，为师错怪你了
想不到那么漂亮的女孩
会是妖怪

可是你也从来没有
把好人
当作妖怪
对别人
总是那么慈爱

你不是一个老糊涂呢
就是怕不小心
把别人伤害

沙和尚

你总是挑着担子
默默地走

悟空和八戒吵架
你就劝上几句
唐僧冤枉了悟空
你就替悟空求情
好脾气的和尚呀
像邻家的老伯伯

取经路上的困难太多了
你挑着担子
默默地走
袈裟
卷起了风沙

第十辑

毛毛虫的作业本

蛇

谁跟它
玩跳绳的游戏呢

地板

一圈圈
数着剖开的年轮
回忆森林里的时光

牛
角

大大的括号空着
从不解释、补充什么

乌
鸦

带上黑色钱包
——采购山货
去喽

蝴
蝶

这么多花儿怎么数得清呢
所以要插上书签儿

竹笋

一颗颗炮弹
要往哪里
发射

老
鼠

鼠字下面的笔画好难记啊
是它的脚趾呢还是胡须

燕
子

一截黑绸缎
包裹着收集的春天
藏在农家的房梁

蚯
蚓

真是辛苦的工作啊

它们　弯着腰
修筑地铁

蚂
蚁

蚂蚁们扛着一块骨头在走
比大象拉着一棵大树还要威武

可是它们不敢出声
是不是怕惊动骨头的主人

毛毛虫

谁给你布置那么多作业
把树叶的本子
都写坏了

草莓

它可是把全部的
心
给了我们啊

菜园

尖椒：跳个芭蕾舞吧

南瓜：我来当鼓手

葫芦：我用小提琴演奏

丝瓜：我用花儿吹一曲萨克斯

洋葱：那我就做观众吧

土豆：等一等，请给我们留个座

螃蟹

让我们在海滩上
捉迷藏吧
海浪来了
再回家

棕
熊

别惹我不高兴啊
看掌——

铁笼子被它拍得
轰轰直响
它在里面打转
长长的口水
流着对自由的向往

骆驼

它的背上已经驮了一座山
还有人骑上去照相

公园里
一头骆驼被拴在树桩上
脖子伸向山那边的家乡

第十一辑

天上大风

树

奶奶总是喜欢朝树上看
这棵可以给儿子盖房子
这棵可以做女儿的嫁妆
这棵可以打一辆板车
把粮食运给国家

奶奶栽了多少树啊
那么多树
没有一棵成为她的棺材

人们用一口水泥棺材
将她安葬
在她的墓旁栽上一棵小树
人们知道
她总是喜欢朝树上看

诗
人

你相信吗——
古时有人
托钵去行乞
只为了
留下
几首诗

走散的人

走散的人
去了哪里
路边捡到
你跑丢的鞋子

落叶

孩子们给老先生送去学费
老先生说：
谢谢啊，坐下吧
我给你们烧些热水
不好意思啊，孩子们
你们就当下雪天
抱了落叶
给我生火

小
蝌
蚪

挤成一团墨
画出自己的样子——
水草间黑乌乌的
小蝌蚪啊

天
上
大
风

"天上大风"
良宽和尚
在孩子们的风筝上
写下这四个字
就去睡觉了

果然是好风
孩子们追着风筝跑

星星渐渐暗去
有一颗跟进了梦里

是你
是你啊

只有我知道
你是谁啊

失
眠
的
雨

春天　从泥土中翻身
在树枝上睁开眼睛
而我
是失眠的雨

你长眠的地方
草籽发芽了吗

泪水

太古　远古的时候
地球包裹在水中
后来　水退了
地球上有了万物
有了人
水　就落入
人的眼里

战争

夜晚，逃难的人
像模糊的树桩

战火
烧黑了月亮

风啊，慢慢地吹

风啊
慢慢地吹
有些花开得很慢
有些人来得很晚

漏掉的月份

我说我要为每一个月份
写一首诗
结果我漏掉了
一个月份

感觉很是遗憾啊
总是想着那个月的情景
总是觉得漏掉的那个月份
最像诗

像一个星球

一个星球
闯进宇宙的时候
像不像一只小鸡
毛茸茸　潮湿湿
感觉宇宙
像一个大蛋壳？

一只小鸡娃儿
啄开蛋壳
是不是觉得
自己像一个星球
大胆果断　神神秘秘
闯进宇宙？

等一个人
等来大雪纷纷

那个人来了
和他一起走进
千年之后的
课本